KB265400

아흔아홉 소녀의 꿈

아흔아홉 소녀의 꿈

2024년 8월 12일 초판 1쇄 인쇄
2024년 8월 20일 초판 1쇄 발행

지은이 | 황시언
펴낸이 | 孫貞順
펴낸곳 | 도서출판 작가
　　　　(03756) 서울 서대문구 북아현로6길 50
　　　　전화 | 02)365-8111~2 팩스 | 02)365-8110
　　　　이메일 | cultura@cultura.co.kr
　　　　홈페이지 | www.cultura.co.kr
　　　　등록번호 | 제13-630호(2000. 2. 9.)

편집 | 손희 김치성 설재원
디자인 | 오경은 이동홍
마케팅 | 박영민
관리 | 이용승

ISBN 979-11-90566-93-3 03810

* 잘못된 책은 구입하신 서점에서 바꾸어 드립니다.
* 이 책은 한국문화예술진흥원에서 창작지원금을 받았습니다.

값 15,000원

한국디카시 대표시선 17

황시언 디카시집

아흔아홉 소녀의 꿈

작가

■ 시인의 말

생을

모두 비웠다는 것은

요양병원에 계신 일백이 세 엄마가

자식들을 모두 기억하지 못한다는 것이다

오늘은

속싸개 속 다가처럼

엄마의 살걷이 참 뽀얗다

2024년 7월

황시언

제1부
아흔아홉 소녀의 꿈

안부

안부

어머니 하늘길 가시자

굳게 닫힌 담장을 꿰매고 선 초록

포위병으로 서다

출발과 멈춤이 나란히 서서

생을 익히고 있다

초록과 빨강은 언제나 생을 위한 지시등

쉼표

산다는 일이 힘들어 목까지 가득 찼을 때

꼭

필요한 말씀

꼬까옷

척추뼈 삭아버린 아흔아홉 울 엄마
고기 대신 풀만 드신다
초록보다 시렸던 꿈날들
검버섯꽃으로 환하다

엄마 손은 약손

내가

많이 아플 때

차려 주시던 밥상

도어가드

돌담마을 외벽에 붙은 스펀지 가드

엎어질라 다칠라

아까징키 호호 불며 발라 주시던 할머니

입춘 무렵

택배 파업으로 늦어지고 있다는 뉴스
조숙한 청개구리 한 마리
온 몸뚱이 가득
봄을 배달 중이다

모정

모정

눈에 넣어도 안 아픈 내 새끼들

봄 편지

줄도 칸도 없는 빼곡한 편지지

쉼표 없는 수다를

하염없이 읽고 선 햇살

늙은 욕실도 꽃핀다

다녀가신 욕실바닥

검버섯꽃 소복하다

아흔아홉

생을 태운 기도둔

꽃으로 만개하다

민주항쟁일에

태양열 보일러실 아래
생존경쟁이 뜨겁다
화사와 두꺼비의 혈투
삼키면 영원히 멈추어 버릴 침묵
길어지고 있다

늙은 꽃의 독백을 보다

와~ 안 죽노

언자 고만 살고 싶다~

화병 속 물만 들이켰던 아흔아홉 해

앙상하게 박제되어 또 한 송이

꽃으로 만개하다

아흔아홉 소녀의 꿈

아흔아홉 소녀의 꿈

녹슨 나이가 붉게 빛나는 봄날
초록별 두 개 달고 걸음마를 내딛는다

제2부
햇살 어머니

오후 두 시

오래전에 잃어버렸던

찻잔 받침용 쟁반

햇살이 가져다 놓았네

어부바

내가 가장 힘들 때

듣고 싶은 말

요양원 전보

지난밤

고열로 잠 못 이루셨을 어머니 위해

하나님 물수건 올려주시네

구속

무심코 손 내민 그 곳에서 녹슨 쇠사슬에 묶이고 말았다

아무리 묶고 단단히 붙들어 놓는다고

그 본질이 죽은 나무 되겠는가?

만개한 그 자태는 오늘도 누군가를 향한 꽃길이다

서성이다

서성이다

굳게 닫힌 창살 속
각진 마음 밝혀주는
붉은 씨앗 하나

꽃비린내를 듣다

싱싱한 육지 갈치가 왔어요

한 마리에 만원

얼렁얼렁 나오셔서 들여들 가셔요

암흑

너는
내 생의 가장 멋진
배경이었다

수목원의 세탁 날

햇살 어머니 빨래판에 앉아 문지른다

오가는 새들과 바람

으샤으샤 목청을 높인다

초록물이 지상을 온통 뒤덮고 있다

새겨 읽다

앞만 보고 달려온 신호등 앞

숙제처럼 걸린 단어 하나

신호가 바뀌면 달려가야 할 생애처럼

산다는 건 어쩌면 낱말 잇기 게임 같은 것

상강 무렵

햇님 바람님 손길로 팩 중입니다

유난히도 따가웠던 올여름 뙤약볕

잘 참아낸 나무님

가을 옷 곱게 차려 입으시고 소풍 다녀오십시오

빠지지 못한 것들에 대하여

한바탕 천둥 번개를 동반한 폭풍우 휩쓸고 간 자리
꽃보다 예쁜 연두와 초록이 가득하다
바닥까지 가 보아야 알게 된다던 인간의 본성을 본다

말이산 고분군에서

동짓날
한 해 잘 지은 팥으로
임금님께 올리는
시루떡 한 장

고백

햇살 한 줌

문지방 넘으면

작은 가슴도 만개하더라

제3부
모든 꽃은 눈물로 핀다

관용

땅이 밀어올린 생이 문장을 낳고 있다
지나가던 바람이 초록 가슴을 내려놓는다
아직은 더 넓은 사랑이 필요하다

블랙박스

모나지 않은 동그라미 두 개

다가서면 금방이라도 날아올라 덮칠 것만 같은

저 가시 단 생명이여

사랑은 버려져선 안 된다

동지와 입춘 사이
차가운 바닥에 내팽개쳐진 붉은 심장
죽을 만큼 간절했던 사랑의 문장이다
시멘트 바닥이 흥건하다
예고 없는 배신은 퇴색되지 않는다

양보

우도의 해변가에 그날은 해국도 앉아서 핍니다
사람들만 앉는 줄 알았던 그 곳에 해국이 앉으니
사람들도 자리를 양보하고 사진만 담습니다

세상의 모든 꽃은 눈물로 핀다

꽃이 졌다고 꽃이 아닌 것이 아닙니다
물은 최선을 다해 안아줍니다
누군가의 마지막 생을 빛나게 하는 것은
늘 소리 없는 기도의 눈물이지요

일광욕

만개한 햇살 아래

갱년기에는 일광욕이 최고라던 아이들 목소리

수고하신 엄마 손에게 올리는 경배 시간

반영

어쩌면

나를 본다는 일은 쉬운 것이야

이렇게 가만히 서서 보이는 것만 보는 거야

어때,

보이는 것만큼 너를 알아가는 것이지

명명하다

누군가가

소리내어 불러주었을 때

나는

그에게 꽃이 되었다

세계에서 하나 뿐인 꽃

봄이면 앞다투어 모두가 피어나건만
남과 북에 가로막힌 저 녹슨 가시
언제쯤 꽃으로 만개할까?

꽃가루 에피소드

폭풍우 휩쓸고 지나간 마을회관 앞

오징어 한 마리

삶을까 튀길까를 그민하는 사이

수해복구 트럭이 지나가고 오징어는 오간 데 없다

막걸리에 정구지 지짐이로 불콰한 하루였다

부처님을 만나다

관룡사 용선대 부처님 뵙고 내려오는 길

하늘나라 우리 아버지처럼

조심해서 내려가거라

오래오래 지켜보고 계셨다

감사

감사

빛이 머무는 시간

이미지가 시야에 머무는 시간

보이는 것이 가슴어 문장을 쓰는 시간

이것이 내가 살아있다는 증거다

아마도

움직일 수 없는 현실 속에
감금되었다
그것이 사랑일지라도
자유롭고 싶은 것이다

제4부

세상에서 제일 좋은 말

노틀담의 꼽추

생을 향한 봄날의 초상화

세월호를 기억하다

잠수함 416호가 도착했다

수중에서 준비해온 작품들

썰물이 빠져나간 해변에서 전시중이다

어머니 지상에는 유채꽃이 만개하였다지요?

세상에서 제일 좋은 말

울 엄마 젖꼭지다

당신 몸의 마지막 영양분을 빼앗아 온 죄인이

엄마의 백 번째 생신 선물로 어부바 해 드려야겠다

물론, 입구에서 3D 안경은 필수 착용이고요

물론, 입구에서 3D 안경은 필수 착용이고요

수천 년 전 쥬라기공원

주인공과 한나절을 보낸다

아빠의 퇴근시간

어둠이 당도할 시간
자연이 그려놓은 주차선
침묵으로 지키고 있다

햇살에 잘 구워진 도자기 하나
마지막 건조가 되는 시간
후우~~
토해 올린 도공의 완성된 호흡
한 줌

전기문을 읽다

마흔아홉 해
못다 익힌 생의 문장을 나열하듯
전봇대 부동자세다

욕심

눈 코 입
마음만큼 벌린 다리 탓에
진흙탕에 빠진 날
얼굴 가득한 주름살

위로

하루를 건설하신 아버지의 목고개가

윈도우 속에 전시 중이다

결혼기념일에

일백이 년
잘 살아주신 엄마께 드리는
하늘나라 아버지의 선물

유언

백세 어머니 요양병원 가시는 날

생의 전기문에 수갑까지 채우시고

공개 구혼

지구온난화만큼 심각한 것은
아이들이 태어나지 않는 것이야
예단으로 준비한 비단이블이
비를 맞고 있다

말씀의 꽃

세상에서 유일하게 자신의 죽음을 알리는 꽃

그러나,

부활도 알리는 꽃

작고 단단한 것의 소중함과 아름다움

— 황시언의 디카시

김종회(문학평론가, 한국디카시인협회 회장)

1. 노년의 어머니와 소망의 언어

황시언은 아라가야와 아라홍련의 고장 경남 함안 태생이다. 일찍이 평론가 조연현과 시인 문덕수 이수익 그리고 소설가 전경린을 배출한 곳이다. 그래서인지 모르나 황시언의 시와 디카시에는, 어떤 고전적 품격과 정돈된 시심이 담겨 있는 것으로 느껴진다. 2007년 시 전문 문예지 《시선》 여름호로 등단했으며, 그동안 『난 봄이면 입덧을 한다』와 『예쁜 예감』 등 두 권의 시집을 상재上梓했다. 디카시집으로는 『암각화를 읽다』가 있으며, 《더 함안신문》의 문예부 기자로 활동하고 있다. 이번에 새롭게 출간하는 이 디카시집은 모두 4부로 구성되어 있으며, 시종일관 요양병원에 있는 일백이 세 어머니를 시적 인식과 대상의 중심에 올려드고 있다.

　1부 〈아흔아홉 소녀의 꿈〉에 수록된 시들은 모두 그와 같은 방향성을 갖고 있으며, 하나의 집중적인 주제가 좋은 디카시로 서술부의 세항細項을 이룬 형편이다. 너무 연로하여 치매기가 있는 어머니가 새로운 꿈을 꾸고 소망을 표현하기는 어려울 터이지만, 그 어머니를 바라보며 시를 써나가는 딸에게 있어서는 얼마든지 가능한 세계의 모습이다. 기실 내일을 꿈꾸는 일은 젊은이들만의 전유물이 아니다. 성경의 요엘 2장 28절에서는 '너희 노인은 꿈을 꾸며'라는 구절이 있다. 이 시에서의 어머니는, 문필이 뛰어난 그 딸의 감각기관을 빌려 꿈꾼다. 눈동자와도 같은 모양의 나무 사이로 '내 새끼들'을 걱정하는 「모정」, 여리고 푸른 풀줄기 하나를 문틈에 두고 새로운 날의 걸음마를 유추하는 「아흔아홉 소녀의 꿈」이 그 예증이다.

산다는 일이 힘들어 목까지 가득 찼을 때
꼭
필요한 말씀

　―「쉼표」전문

참 깔끔한 사진이다. 큰 눈으로 보면 어느 언덕이나 산의 등성이에서 저 멀리 아래로 펼쳐진 경관을 촬영한 듯하며, 그 피사체는 가뭄에 수량이 줄어든 저수지나 담수호인 것처럼 보인다. 그런데 그와 같은 풍경은 미국 내륙이나 아프리카에 흔할 뿐 우리 주변에는 있기 어렵다. 사실관계를 확인해 보니, 시인이 둥글게 말린 낙엽에 렌즈를 밀착하여 이토록 뜻깊은 소출에 이르렀다는 것이다. 거기 그야말로 '쉼표'의 형용이 있다. '산다는 일이 힘들어 목까지 가득 찼을 때' 이 사진의 모형에서 쉼표의 상징적 의미를 추론했다는 말이다. 우리 삶의 여러 순간에 쉼표가 꼭 필요하다는 것은 불문가지不問可知의 일이나, 그 쉼표가 노년의 연륜과 결부될 때에는 더욱 그러할 터이다.

줄도 칸도 없는 빼곡한 편지지
쉼표 없는 수다를
하염없이 읽고 선 햇살

—「봄 편지」 전문

인용된 시는 어느 봄날 화원이나 들판 한편을 입추의 여지 없이 가득 채운 꽃 무리의 광경이다. 사진만으로는 무슨 꽃인지 분별하기 쉽지 않지만, 그 군집은 풍요롭고 꽃들의 연합을 통해 전하는 메시지는 감각적으로 빛난다. 세상에 꽃을 싫어하는 사람은 없는 까닭에서다. 시인은 이 자연 친화의 꽃밭을 두고 '줄도 칸도 없는 빼곡한 편지지'라고 불렀다. 꽃밭이 전하는 선명한 전언傳言을 듣고 있는 것이다. 그것이 '수다'라면, 쉼표가 없을 만큼 치열한 추동推動의 힘을 가졌다. 더불어 이 모든 담론을 '하염없이 읽고 선 햇살'이 있다. 그렇게 이 한 장의 사진은 시와 연합하여 조화로운 의미의 증폭작용을 완성한다.

2. 연륜의 숙성을 인식하는 감각

이 시집의 2부 〈햇살 어머니〉의 시들은, 여전히 1부의 어머니 상념을 이어받고 있다. 다만 그 시각의 범주를 보다 넓게 개방하여, 연륜의 경과와 숙성에 대해 깊이 있게 고찰하고 또 그 감각을 예리하게 포착한 경우가 많다. 누구에게나 젊은 날이 있고 늙는 날이 있다. 언젠가는 모두 경험하게 될 이 인생의 여정에서, 존장尊丈을 귀히 여기는 것은 그것이 결국 인식 주체의 내일을 말하기 때문이다. 햇살이 만들어준 그림자에서 오래전에 잃어버렸던 '찻잔 받침용 쟁반'을 소환하는 「오후 2시」, 도로변 하수구의 철망 사이로 초록색 풀잎들이 빛나는 「빠지지 못한 것들에 대하여」 등은, 그 어디에나 시간의 경과를 관조하는 시인의 정제된 눈길이 뒤따르고 있다.

지난밤

고열로 잠 못 이루셨을 어머니 위해

하나님 물수건 올려주시네

―「요양원 전보」 전문

「요양원 전보」라는 시다. 사진의 중동을 가로지르는 공간에 나무 등걸 하나가 떠올라 있고, 그 나무 아래 부분에 물방울 둘이 나란히 맺혀있다. 동서고금의 많은 시인 묵객들이 나무를 사람의 생애에 비유해 왔으니, 여기 이 나무 또한 그 반열에서 비켜설 이유가 없다. 시인은 나무에서 또 어머니를 보았다. 그것도 지난밤에 '고열로 잠 못 이루셨을 어머니'다. 하나님이 그 어머니에게 물수건을 올려주셨다는 착상은, 사람의 의표를 찌르듯 예민하고 명료하다. 더 중요한 문제는 어머니를 위로하는 손길의 이름을 절대자로 상정했다는 데 있다. 그만큼 시인에게 있어 어머니는, 물러서서 양보할 수 없는 절대적인 존재라는 뜻이다.

128

너는
내 생의 가장 멋진
배경이었다

—「암흑」전문

　흑백의 경계와 그림자가 눈이 시리도록 확연한 이 시 「암흑」의 바탕은, 자유롭고 자연스럽게 놓아둔 화병 하나와 그 화병을 담아내는 검은 그림자에 있다. 화병을 채우고 있는 작은 꽃가지들이 우리 삶의 어떤 부면을 상징하고 있느냐는, 이를 보는 사람에 따라 해석이 다를 수 있다. 그러나 어떤 발설이 뒤따라온다고 해도 그것이 부유浮游하는 우리의 고단한 나날을 반영하고 있을 것임에는 틀림이 없다. 시인은 '너는 내 생의 가장 멋진 배경'이었다고 단언한다. 이때의 '너'는 화병이었을 수도 있고, 화병을 환상적인 그림으로 치환한 빛일 수도 있고, 그렇게 생성되고 드리워진 그림자일 수도 있을 것이다. 우리 인생에 다가서 있는 이와 같은 배경이 과연 무엇에 비견될 수 있는가를 알아차리는 것은 독자의 몫이다.

3부 〈모든 꽃은 눈물로 핀다〉의 시들은, 여름날 맥고 모자처럼 흔하게 마주치는 일상의 경물景物들 가운데서 새롭고도 상찬賞讚할 만한 관점을 거두어들인 사례다. 시인을 시인이게 하는 힘은, 그가 범상한 사람들과 다른 각도의 눈을 가진 데서 촉발한다. 이는 선험적으로 타고나는 것이기도 하지만, 시인 자신의 노력으로 가꾸어 갈 수도 있는 것이다. 짐작컨대 황시언 시인은 이 양자를 다 갖추고 있는 듯하다. 그렇지 않고서는, 여기의 시들이 이토록 도전적이면서 안정적일 수 없다. 자동차 지붕 위에 날렵하게 올라앉은 고양이를 '가시 단 생명'이라고 한 「블랙박스」, 시인이 가장 잘 활용하는 빛의 그림자로 사소한 폐품들을 보석처럼 빛나게 하는 「감사」 등의 시들이 그렇다.

꽃이 졌다고 꽃이 아닌 것이 아닙니다
물은 최선을 다해 안아줍니다
누군가의 마지막 생을 빛나게 하는 것은
늘 소리 없는 기도의 눈물이지요

―「세상의 모든 꽃은 눈물로 핀다」 전문

밝고 화사하기 이를 데 없는 시다. 거기에다 사진 한 장이 마치 한 폭의 수채화처럼 흔훈한 정감을 불러일으킨다. 「세상의 모든 꽃은 눈물로 핀다」라는 시 한 편에서, 우리는 문득 정체 모를 행복감을 느끼기도 한다. 정확하게 관찰해보면 길 위에 물이 고여 있고, 여러 빛깔의 낙화가 그 위에 분분하여 잘 조성된 연못을 연상하게 된다. 여기에 덧붙인 4행의 시가 일품이다. 시인은 낙화落花도 꽃이라고 강변한다. 물이 '최선을 다해 안아줄 때'에는 이렇게 다름다워진다. 여기서 한 걸음 더 나아가 누군가의 마지막 생을 빛나게 하는 것이 '소리 없는 기도의 눈물'이라고 부연한다. 꽃이 지는 자리에서 우리 인생의 철리哲理를 발견한 공로가 이 시에 있다.

어쩌면
나를 본다는 일은 쉬운 것기야
이렇게 가만히 서서 보이는 것만 또는 거야
어때,
보이는 것만큼 너를 알아가는 것이지

—「반영」 전문

이 시「반영」에 반영된 것은 과연 무엇인가를 먼저 생각하게 된다. 사진은 도시 인근을 흐르는 시내에 걸린 다리와 그 상공의 하늘이 물에 비친 대칭적 모습을 붙들었다. 연이어 그 사진을 90도 회전하여 옆으로 뉘어 놓았다. 이 기상천외하고 무례한 기울이기의 방식은, 그러나 사진의 중층적 의미망을 여러 경로로 가늠해 보게 한다. 시인의 말은 이렇다. '나'를 본다는 것은 쉬운 일이며, 가만히 서서 그 침잠과 관조의 시간 속에서 보이는 것만 보면 된다고 되뇌인다. 그 결어로, 보이는 것만큼 '너'를 알아가는 것이라고 자문자답한다. 이렇게 보면 시인의 관심은 다리와 하늘, 그리고 숲과 건물을 다층적인 관찰의 자리에 둔 채 관찰자 자신의 내면을 여러 모형으로 살펴 나가는 형국과 다르지 않다.

4. 선물처럼 얻은 영상과 그 시어

디카시의 한 구성요소로서 사진은, 시인이 애쓰고 수고한 만큼 좋은 영상을 얻기 마련이다. 미상불 프로 사진작가들도 좋은 작품을 얻기 위해 온갖 노력을 마다하지 않는다. 그러한 각고의 분투가 지속적으로 이어질 때, 어느 순간 선물처럼 빼어난 영상을 얻게 되는 체험이 여러 사람에게 있다. 시 또한 그렇다. 그 즉순간성의 사진에 몇 줄의 시어를 결합하고 이를 소셜 미디어로 실시간 소통하는 디카시의 정체성에 대해, 필자는 '영감과 섬광'이란 이해를 갖고 있다. 시인의 창작 역량과 노력에 영감을 더하고 섬광의 시간이 동시에 작동하는 예술형식이란 뜻이다. 이 시집의 4부 〈세상에서 제일 좋은 말〉에 실린 시들은, 앞서 다른 시들도 그러했지만 그 축복의 선물 같은 시편들이다. 도로변 한쪽으로 바람에 밀린 낙엽들에 의해 새 주차선이 형성된 「아빠의 퇴근 시간」이나, 감나무 잎 위에 놓인 두 송이 감꽃을 '일백이 년 잘 살아주신 엄마'께 드리는 '하늘나라 아버지의 선물'이라고 보는 「결혼기념일에」 같은 시가 바로 그렇다.

울 엄마 젖꼭지다
당신 몸의 마지막 영양분을 빼앗아 온 죄인이
엄마의 백 번째 생신 선물로 어루바 해 드려야겠다

　　—「세상에서 제일 좋은 말」 전문

　「세상에서 제일 좋은 말」이란 시는, 늦가을의 홍엽紅葉과 조락凋落을 보여주는 풍광으로 충일하다. 산허리 작은 길이 내려다보이는 언덕 즈음에, 사계四季의 순환을 증거하는 마른 열매 한 쌍이 적갈색 나뭇가지 위에 매달려 있다. 이 그림만으로도 시적 이미지가 풍성하다. 시인은 이 열매 두 개를 일러 '울 엄마 젖꼭지'라 호명한다. 자신의 생애가 가을 녘에 이르도록, 모든 힘을 다해 자식들을 길러낸 모정母情의 세월이 거기에 있다. 자식의 눈으로 보면, 자기는 '당신 몸의 마지막 영양분을 빼앗아 온 죄인'이다. 다행스럽게도 시인의 엄마는 백 번째 생신을 보내는 장수長壽의 복을 누린다. 가지가 열매를 업듯 '어부바'를 해 드리겠다는 심사는 안타까우면서도 흔연하다.

세상에서 유일하게 자신의 죽음을 알리는 꽃

그러나,

부활도 알리는 꽃

　　—「말씀의 꽃」 전문

「말씀의 꽃」이라는 시다. 사진은 백 년에 한 번 핀다는 대나무꽃이다. 일찍이 고산 윤선도는 '나무도 아닌 것이 풀도 아닌 것이'라고 노래했으나, 대나무는 아열대 식물로 나무가 아니라 풀이다. 그 뿌리는 단단하고 깊이 엉켜서 성벽도 무너뜨릴 정도다. 성장판에 마디가 있어서 일정한 높이마다 매듭을 짓기 때문에, 공중에 뿌리를 둔 것처럼 자라 30미터까지 클 수 있다. 이 대나무에 사진과 같은 꽃이 피는 것은, 대체로 백 년에 한 번이라고 알려져 있다. 시인은 대나무에 얽힌 속설을 빌려, 세상에

서 유일하게 자신의 '죽음'과 '부활'을 알리는 꽃이라고 썼다. 이
와 같은 모든 전설적 언사들을 결집하여 '말씀의 꽃'이라고 했
으니, 이 한 장면과 그에 연대한 시의 중량이 그야말로 가볍지
않다.

우리가 이제까지 정성껏 살펴본 황시언의 디카시들은, 우선
피사체를 붙들어 시의 소재로 편입하는 감각이 놀랍고 특히 그
와중에서 빛과 그림자의 영역과 효용성을 잘 활용한다. 그의 렌
즈에 당착한 사물이 사진으로 변모할 때, 거기에 쉽게 설명할
수 없는 상징과 축약 그리고 전혀 방향이 다른 의미의 분화가
결부되는 때가 많다. 어떤 상황에 있어서도 그의 시는 무리한
욕심을 내지 않으며, 또한 그저 그런 온화한 언어의 나열을 수
납하지도 않는다. 그에게 있어서 디카시는 새로운 경계境界를
여는 통과의례이며, 미처 다 말하기 어려운 담화를 사진의 그림
자에 또는 시의 행간에 묻어두는 발화 방식이다. 그런 만큼 그
의 시와 만나는 행복이 기껍고, 앞으로도 이를 지속적으로 누릴
수 있기를 기대해 본다.